Heureusement que
M. LENT
est là

Heureusement que M. LENT est là

Roger Hargreaves

Vrombissements de moteurs, pétarades, nuages de gaz d'échappement, concert de klaxons...

Quel tohu-bohu !

À ton avis, que se passait-il ?

Madame Autoritaire avait organisé une course automobile. Tous les concurrents se pressaient sur la ligne de départ.

rrrr
rrr

– Voici monsieur Malin ! annonça madame Autoritaire.

Monsieur Malin était très malin ! Il avait trouvé le moyen d'éviter de respirer l'air pollué par la fumée qui sortait des pots d'échappement.

Avec sa dernière invention, l'automobile-à-surélévation-intégrée-garantissant-une-visibilité-absolue, le problème était résolu !

– Derrière lui, monsieur Étonnant et sa voiture révolutionnaire ! poursuivit madame Autoritaire. La voiture à roues carrées !

Ha ! ha ! ha ! Et voici maintenant monsieur Lent et son rouleau compresseur ! Ha ! ha ! ha ! On se presse, on se dépêche !

Lorsque tous les concurrents furent enfin prêts, madame Autoritaire donna le signal du départ.

Vroum !

Au volant de sa puissante limousine, monsieur Malpoli dépassa tous les autres, fila comme une flèche, arriva au carrefour et…

… inversa les flèches du panneau de signalisation.

À ton avis, les concurrents allaient-ils s'engager sur la mauvaise route ?

Non ! Mille fois non ! Car monsieur Malpoli avait oublié que monsieur Malin était vraiment malin, et que, du haut de son automobile, il pouvait surveiller la course.

– Quelqu'un a inversé le panneau, annonça-t-il en abordant le carrefour. Suivez-moi !

Et tous les concurrents s'engagèrent sur la route qu'avait empruntée monsieur Malpoli.

Aux commandes de son rouleau compresseur,
monsieur Lent suivit ses amis.

Sans se presser.

Après tout, l'important, c'est de participer, n'est-ce pas ?

À quelques kilomètres de là, un fermier des environs vendait des pommes de terre sur le bord de la route.

– Pommes de terre ! Achetez mes bonnes pommes de terre ! Attention en traversant la route, les bolides ne devraient plus tarder !

Crois-tu que cette petite canaille de madame Canaille voulait acheter des pommes de terre ?

Bien sûr que non !

Elle profita d'un moment d'inattention du fermier et...

Vlan !

Le paysan se retrouva à demi enseveli
sous une avalanche de pommes de terre.
Il y en avait partout.
Et, bien entendu, les pommes de terre roulèrent
sur la chaussée.

– Route barrée pour cause d'invasion de pommes
de terre ! annonça madame Canaille à monsieur Malpoli
qui arrivait.

– Dégagez-moi tout ça ! Et vite !

– Pas question, espèce de malpoli ! Vous allez attendre là.

Tous les concurrents se retrouvèrent bloqués
par le barrage de pommes de terre.

Monsieur Lent apparut bientôt avec son rouleau
compresseur et,

… lentement, il passa sur les pommes de terre et,

… tout aussi lentement, il prit la tête de la course.

– Je suis vraiment désolée, monsieur le fermier, dit madame Canaille. Toutes vos pommes de terre sont en purée.

– Pour cette fois, je vous pardonne ! D'ailleurs, je peux encore les vendre, ces pommes de terre ! Par ici la bonne purée ! La bonne purée bien moulinée !

Monsieur Lent franchit bientôt la ligne d'arrivée
sous un tonnerre d'applaudissements.

Monsieur Lent reçut les honneurs dus à sa brillante performance.

C'est à madame Bonheur que revint l'honneur de lui offrir sa couronne de vainqueur : monsieur Lent rosit de bonheur.

– Bravo ! Vive monsieur Lent ! criaient les spectateurs.

Tandis que monsieur Lent recevait les félicitations
de ses amis, monsieur Curieux eut une idée :

– Mais s'il a gagné, s'écria-t-il, c'est qu'il n'est pas
aussi lent qu'on le dit ! On va devoir l'appeler
monsieur Rapide !

Depuis, sais-tu ce que racontent les mauvaises langues ?

Monsieur Malpoli serait devenu complètement allergique à la pomme de terre !

RÉUNIS VITE LA COLLECTION ENTIÈRE

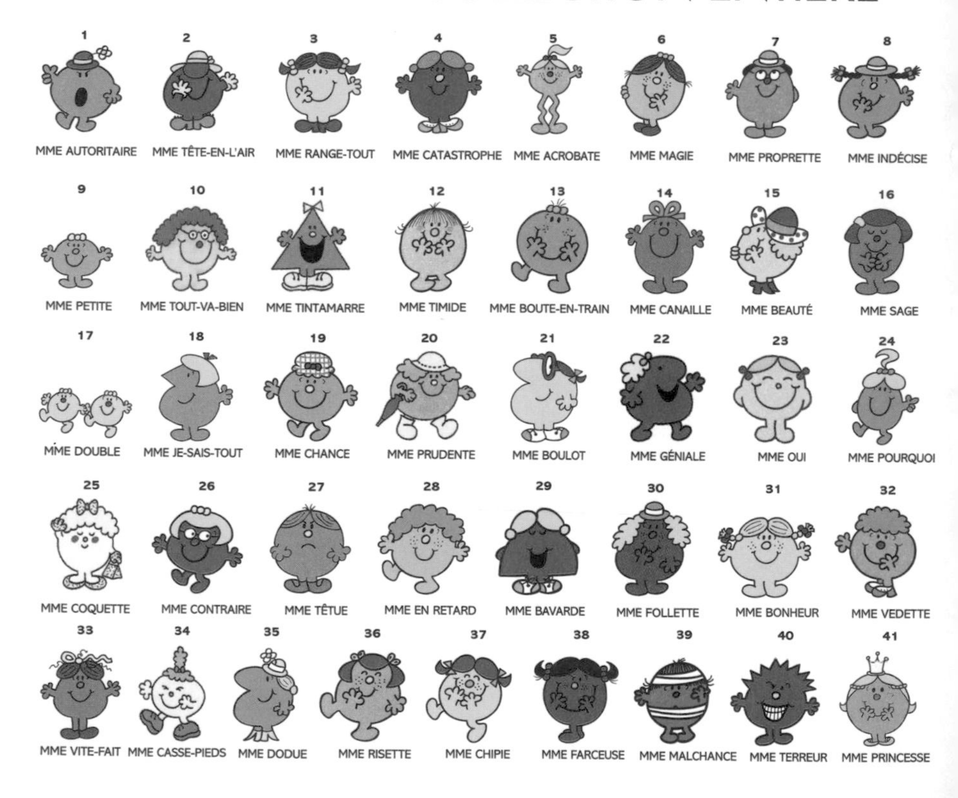